GUÍA DE LECTURA

Escrita por Valérie Nigdélian-Fabre
Traducida por Tamara Montes Blanco

Las escalas de Levante

de Amin Maalouf

Entiende fácilmente la literatura con

ResumenExpress.com

www.resumenexpress.com

AMIN MAALOUF

PERIODISTA Y ESCRITOR FRANCOLIBANÉS

- **Nacido en 1949 en Beirut (el Líbano)**
- **Algunas de sus obras:**
    - *León el Africano* (1986), novela
    - *Las escalas de Levante* (1996), novela
    - *Identidades asesinas* (1998), ensayo

Amin Maalouf, nacido en Beirut (el Líbano) en 1949, fue periodista de *An Nahar*, el principal diario de Beirut. El estallido de la guerra civil en 1975 lo obliga a exiliarse: se instala en París, donde cubre para *Jeune Afrique* un gran número de conflictos de todo el mundo. Tras un primer ensayo publicado en 1983, *Las cruzadas vistas por los árabes*, alcanza el éxito como novelista con *León el Africano* en 1986. Entonces se dedica en exclusiva a la literatura, produciendo novelas, ensayos y libretos de ópera. Fue galardonado con el premio Goncourt en 1993 por *La Roca de Tanios*, cuya acción se sitúa en un Líbano por el que siente una profunda nostalgia, y además fue elegido miembro de la Academia Francesa en junio de 2011.

LAS ESCALAS DE LEVANTE

UNA VOLUNTAD DE TOLERANCIA FRENTE A LOS CONFLICTOS HUMANOS

- **Género:** novela
- **Edición de referencia:** Maalouf, Amin. 1996. *Las escalas de Levante*. Traducido por Federico Romero Portilla. Madrid: Alianza Editorial
- **Primera edición:** 1996
- **Temáticas:** guerra civil, exilio, resistencia, libertad, nostalgia

Las escalas de Levante, novela publicada en 1996, envía un mensaje humanista de tolerancia, amor y paz, como todas las obras de Maalouf. Abordando la guerra civil del Líbano, Maalouf evoca el exilio de un héroe que viaja entre los territorios, las lenguas y las religiones. Entre Estambul y Alejandría, entre Adana y Beirut, y hasta París, Ossyane vuelve sobre su pasado, una forma de hacer que resurja la epopeya de un mundo moderno desgarrado por la violencia, las luchas intercomunitarias y los genocidios. *Las escalas de Levante* es la novela de la resistencia a la opresión y la injusticia, la novela del sueño del multiculturalismo y la coexistencia de confesiones.

RESUMEN

El narrador presenta su proyecto: contar «la vida de otra persona» (Maalouf 1996, 9) con la que se cruzó casualmente en el metro de París en junio de 1976. En ese misterioso y envejecido extraño, reconoce «la cabeza de un joven embelesado» (Maalouf 1996, 10) que descubrió años antes en la fotografía de unos hombres que habían partido a luchar en las filas de la Resistencia francesa. Le pide al desconocido, Ossyane, que le cuente su historia, y este acepta.

LA RESISTENCIA

Ossyane es el bisnieto de un soberano turco que fue derrotado y se suicidó. Este último tenía una hija llamada Iffett que perdió el juicio.

En Adana (península de Anatolia), el doctor Ketabdar da refugio a Iffett y se casa con ella. Esta da a luz al padre del desconocido, quien disfruta de una enseñanza poco convencional, dispensada por multitud de preceptores pertenecientes a diversas minorías (judía o armenia). El saqueo del barrio armenio de Adana en 1909 causa una gran conmoción en este círculo protegido. Entonces, el príncipe turco y Nubar, su joven profesor armenio, deciden exiliarse en el Líbano, donde el primero se casa con Cécile, la hija de Nubar. En 1915, esta da luz a una hija, Iffett, y después, en 1919, a Ossyane. Cécile muere al dar a luz a su tercer hijo, Salem, en 1923.

Ossayane se siente agobiado por la obsesión de su padre

de hacer de él un gran dirigente revolucionario, así que se marcha del Líbano a Francia con el objetivo de llegar a ser médico allí. Entonces comienza a estudiar medicina en Montpellier, con buenos resultados académicos, en vísperas de la Segunda Guerra Mundial.

Casi por casualidad, entra en la Resistencia e ingresa en la red «¡Libertad!» dirigida por un tal Bertrand: se convierte en Bakú, pega carteles y distribuye octavillas. Cuando piensa por error que lo han denunciado, huye a Lyon para encontrarse con miembros de la red: ahí conoce a Clara Emden, una joven judía, cuya familia al completo ha sido deportada, que se convertirá en su mujer tiempo después. Clara llega de Suiza, donde se escondía con el objetivo de enrolarse en la Resistencia. A ambos les proporcionan documentación falsa. Con su nueva identidad —Pierre Émile Picard— y su tapadera —reparador de instrumental médico— Ossyane se convierte en un oficial de enlace muy activo. Tras esa labor, consigue evadirse y pasa el fin de la guerra en el taller de fabricación de documentación falsa, en la más absoluta clandestinidad. En la Liberación se le considera, aunque según él sea una exageración, uno de los grandes dirigentes de la Resistencia.

Después vuelve al Líbano, mientras que su abuelo se marcha a Estados Unidos, su hermana Iffett se casa en Egipto, y su hermano Salem es encarcelado por contrabando.

TIEMPOS DE GUERRA

En plenos funerales de Iffett, la abuela loca de Ossyane, Clara Emden hace una fugaz aparición. Llega de Palestina, donde ha asistido al nacimiento de un conflicto que juzga insoportable un día después de Auschwitz. Se enrola en el PAJUW Comitee (Palestine Arab and Jewish United Workers), un grupúsculo de extrema izquierda que obra a favor de la reconciliación de los pueblos. Mientras que ella vuelve a Palestina, Ossyane, gracias al prestigio que adquirió durante la Resistencia, da conferencias para contar «su guerra». Durante una de esas conferencias, interroga a Clara acerca de su experiencia, la cual ella desea publicar en el periódico del Committee. Entonces, Ossyane le pide matrimonio, y ella acepta.

Jacques el de los Papeles Falsos, que es alcalde de un pequeño municipio parisino, oficia la boda civil. Celebran su unión con dos suntuosos festejos organizados en Beirut y en Haifa. Para los miembros del PAJUW Committee, esta unión es un «acontecimiento ejemplar» y su amor constituye «un mentís al odio» (Maalouf 1996, 145) que se profesan los judíos y los musulmanes.

Después, Ossyane retoma sus estudios de medicina en Beirut, y Clara se queda embarazada. Pero la situación política en Líbano se degrada cada vez más, y las manifestaciones y los atentados se multiplican, por lo que Clara y Ossyane huyen a Haifa, entre tiros y explosiones.

Ossyane desea ir a Beirut para ver a su padre, que sufre una hemiplejia, así que deja a Clara, embarazada de siete meses, a pesar de que se desencadena el conflicto árabe-israelí, en mayo de 1948, y de que se proclama el nacimiento del Estado de Israel. Más tarde, la frontera entre Haifa, en Israel, y Beirut se vuelve infranqueable. Además, al dolor por estar separado de su mujer y de su hijo no tarda en sumarse el causado por la pérdida de su padre.

PERDER LA RAZÓN

Ossyane, que ha sufrido una insolación durante los funerales, cae en la locura y es internado a petición de su hermano Salem, que ve una oportunidad de oro de recuperar su parte de la herencia. Ossyane tiene entonces veintinueve años y se hunde, a causa de un agotador tratamiento psicotrópico, en el más profundo embotamiento. Desde entonces, su familia no vuelve a recibir noticias suyas y todos creen que está muerto.

Cuatro años más tarde, Salem acude a buscar a su hermano para su primera salida: se le espera en una cena organizada a petición del ministro de Asuntos Exteriores francés, Bertrand, antiguo compañero suyo de la Resistencia. Pero, «prisionero dentro de [sí] mismo, enterrado vivo» (Maalouf 1996, 190), es incapaz de articular el menor sonido: lo único que puede hacer es mostrar un cliché de su hija. Aunque sea irrisorio, ya es un primer paso en el proceso de liberación de Ossyane. Sobre todo porque gracias a esta foto la hija de Ossyane conseguirá localizarlo.

En 1968, Nadia, la hija de Clara y de Ossyane, se va a estudiar a Francia. Siguiendo los consejos de su madre, se encuentra con Bertrand. Entonces se entera del episodio de la fotografía, prueba de que su padre sigue vivo y de que no está todo perdido. Gracias a un pasaporte falso, consigue entrar en el centro donde su padre está retenido desde hace veinte años, en Beirut. Se reconocen, y la carta que ella consigue pasarle transmite «las pocas palabras que necesitaba para recuperar el gusto por vivir» (Maalouf 1996, 204). Después, él elabora diversas estratagemas para burlar la vigilancia de los vigilantes y disminuir progresivamente la dosis de psicotrópicos ingeridos.

En el Líbano, a principios de los años setenta, los combates se intensifican tanto que un día, el director y el personal del centro desaparecen, dejando a los enfermos abandonados a su suerte. Tras veinte años de internamiento, Ossyane parte, dejando a sus camaradas ahí postrados. Pasa por delante de las ruinas de su casa cerca de Beirut, donde acaban de asesinar a su hermano. Después de eso, es repatriado a París. Ahí escribe a Clara y queda con ella al día siguiente.

El narrador no puede evitar estar también presente en el lugar de la cita. Desde lejos, escondido, observa cómo Ossyane espera a Clara. A la hora convenida, esta aparece por fin. Los dejamos abrazados, con las manos entrelazadas, sumidos en la conversación.

ESTUDIO DE LOS PERSONAJES

OSSYANE

Su nombre significa «insumisión», «rebelión», «desobediencia». Es hijo de un turco y de una armenia y encarna la tolerancia y el multiculturalismo puesto de relieve en todo el libro. Su «mirada embelesada», sus «facciones tersas de niño viejo» y su «cabeza de cabellos claros» (Maalouf 1996, 11) son signo de una exigencia original sobre la que ni el tiempo, ni el triste realismo de la gente sensata, ni la resignación tienen influencia. Ossyane, a pesar del horror del mundo que lo rodea, a pesar de los conflictos y las masacres, conserva el espíritu y la esperanza de un niño.

Aunque no ha llegado a ser el gran dirigente revolucionario que soñaba su padre, ha vivido fiel a las nociones de libertad y democracia, incluso durante las horas más negras de la historia. Paradójicamente, encuentra su destino cuando intenta escapar de la omnipotencia paternal, al irse del Líbano a Francia.

CLARA

Clara, a la que le indigna la injusticia, es la réplica femenina de Ossyane: esta mujer llena de acción, sueños y utopías también goza de valentía y elegancia moral. Su profunda humanidad se basa en una gran empatía que le permite dejar a un lado su identidad a la hora de posicionarse, además de ponerse en el lugar del otro de forma espontánea sin olvidarse de sus raíces. Abandona la neutralidad suiza en la que se refugió temporalmente para unirse a la Resistencia francesa durante la guerra: Clara es una mujer comprometida.

EL PADRE DE OSSYANE

Orgulloso de sus orígenes aristócratas («príncipe, nieto de un soberano, descendiente de los grandes conquistadores», Maalouf 1996, 44), es un «espíritu rebelde [...] profundamente rebelde» (Maalouf 1996, 17). Puesto que ve en el colegio una vasta empresa de domesticación del ser humano, le ofrece a su hijo la misma educación libre de la que él mismo se ha beneficiado. Es un hombre culto al que apasionan los descubrimientos y las técnicas novedosas, como la fotografía.

Su amistad con Nubar, su preceptor tan solo seis o siete años mayor que él, en un tiempo en el que «un vínculo semejante entre un turco y un armenio resultaba ya [...] muy inhabitual» (Maalouf 1996, 31) es signo de su libertad de pensamiento, así como de su escaso interés por los convencionalismos. Sin embargo, este hombre tan generoso goza de una integridad tal que a ojos de sus hijos se convierte en un auténtico déspota que abruma con sus anhelos.

SALEM

Es el hermano menor de Ossyane y su opuesto. Si Osyanne se rebela «desde luego, contra el odio», para su hermano es lo contrario: «todo era para él un combate rabioso» (Maalouf 1996, 153). Es menospreciado desde su nacimiento, puesto que su madre muere en el parto, por lo que Salem —cuyo nombre significa «indemne»— queda marcado por una profunda herida que lo conduce al mal. Es «un adolescente linfático y obeso refractario a los estudios, un inútil poltrón y huraño» (Maalouf 1996, 110) que se comporta como un maleante para desentenderse de los desmesurados anhelos de su padre. Cuando es encarcelado por contrabando, supone una vergüenza para la familia. Acaba terriblemente mal.

IFFET, LA ABUELA

Cayó en la locura al ver a su padre muerto, con el cuello rebanado. El doctor Ketabdar la acogió y después se casó con ella. Es una «madre amorosa para su hijo» (Maalouf 1996, 27) y una cantante conmovedora capaz de ser muy cariñosa cuando no está en crisis. Sobre todo, Iffet es una «noble dama» que transmite «una filosofía espontánea de duda e ironía con respecto a la vida, al tiempo, la sabiduría y la razón» (Maalouf 1996, 116).

Simboliza el terror que puede provocar la cara horrible del mundo, es como la herida original, la huella primitiva que se va reactualizando con las generaciones y guerras sucesivas. Sus descendientes, hasta Nadia (la hija de Ossyane), sacan de esto una convicción profunda y visceral: la de que tenemos que cambiar las cosas.

EL NARRADOR

Podría ser el propio Amin Maalouf. Se presenta como un

tocólogo, humilde y atento, apasionado de la(s) historia(s).

CLAVES DE LECTURA

LOS CONFLICTOS Y LA BARBARIE HUMANA

El genocidio armenio

Las escalas de Levante hace alusión a varios acontecimientos históricos, especialmente, en un principio, al genocidio armenio perpetrado por los turcos a principios del siglo XX. En el Imperio otomano, los armenios sufrían una discriminación oficial. Se los consideraba ciudadanos de segunda categoría. La tentación de crear un vasto Estado turco del Bósforo a la China y la convicción de que la raza turca era superior, empujó a los turcos a una lógica genocida. Desde abril de 1909, comienzan masacres en Cilicia, primero en Adana (a lo que alude Maalouf) y después en el resto de la región. En Constantinopla, la madrugada del 24 de abril de 1915, la detención de seiscientos cincuenta intelectuales y personalidades armenios dio el pistoletazo de salida al genocidio. Durante los días siguientes, el número de arrestados, deportados y asesinados en la capital se elevará a dos mil. Después, este panorama se extiende a todo el Imperio otomano. El pueblo armenio es destruido.

Antes del comienzo del proceso de exterminio, había tres millones de armenios, así como de turcos, en el territorio de la actual Turquía. En 1914, el número de armenios se redujo a 2 250 000 (debido a las masacres, las conversiones forzadas al islam y el exilio). A finales de 1916, cerca de 1 500 000 armenios del Imperio otomano habían sido aniquilados.

La guerra del Líbano y el conflicto palestino-israelí

Maalouf alude también a la guerra del Líbano, consecuencia del conflicto palestino-israelí (en Oriente Próximo, enfrentamiento entre los palestinos y el Estado de Israel desde el 14 de mayo de 1948, día de la creación de este último, que los palestinos no reconocen). El Líbano no solo hace frontera con Palestina, sino también con Israel, por lo que, en razón de las múltiples guerras que estallan entre árabes y judíos israelíes, queda literalmente atrapado.

La llegada masiva de refugiados y de combatientes palestinos que huyen de los combates y el avance de las fuerzas israelíes en Palestina contribuye a desestabilizar el precario equilibrio del país, compuesto por diversos grupos socioculturales, religiosos y políticos. Cuando la OLP (Organización para la Liberación de Palestina) utiliza el sur del Líbano como una base de retaguardia desde la que los palestinos continúan su lucha contra Israel, todo Oriente Próximo se enciende y el Líbano es conducido al conflicto, muy a su pesar.

La presencia de palestinos se acepta cada vez peor y se considera a la OLP y sus combatientes un Estado dentro del Estado. Aunque la violencia ya era habitual en el Líbano, se dice que la guerra civil comenzó en 1975, entre los partidarios de la causa palestina y las Falanges Libanesas (movimiento político y militar). Entonces el país se ve sumido en una guerra civil particularmente asoladora, donde los diferentes grupos que lo forman se destruyen bajo la influencia de países exteriores. A partir de 1975, algunas zonas del Líbano quedan literalmente destrozadas. Bajo este pretexto, se precisan intervenciones exteriores: Siria e Israel, especialmente, entran en el Líbano, e Israel ocupará el sur del país durante más de veinte años. El Líbano —con sus fronteras traspasadas, su territorio invadido y su población dividida, desangrada y empobrecida— acaba exhausto de los conflictos.

Maalouf ofrece un poderoso resumen de estos problemas en el Líbano gracias a una fotografía tomada durante las primeras masacres de los armenios en 1909. El padre de Ossyane la tiene colgada en el salón, lo cual es una forma de no olvidar nunca la barbarie de la que es capaz el ser humano. En esta imagen, vemos «un millar de energúmenos furiosos que patean el polvo» (Maalouf 1996, 35) y «amotinados, con las cabezas ceñidas y los rostros sudorosos bajo la llama de odio de las antorchas» (Maalouf 1996, 40).

Subrayemos que el conflicto palestino-israelí resulta aún más trágico e insoportable porque sucede tras la Segunda Guerra Mundial: de hecho, ¿cómo aceptar «la idea de que, al día siguiente mismo de la derrota del nazismo, dos pueblos a los que Hitler detestaba se enfrentasen el uno con el otro» (Maalouf 1996, 124)?

Finalmente, podemos preguntarnos si la presencia de estos acontecimientos históricos en la obra convierte el relato de Maalouf en una novela histórica. No podemos afirmarlo, puesto que los hechos a los que se alude, aunque condicionan con mucho el destino de los personajes, permanecen como telón de fondo. Además, el autor no los explicita mucho, al contrario: juega con el poder de sugestión de estos.

LA NOSTALGIA

El exilo de Maalouf, que se va del Líbano a Francia, le genera una profunda nostalgia de su país natal, de esta sociedad multicultural donde «siempre ha habido todo tipo de comunidades que han vivido momentos de coexistencia maravillosos, pero también momentos de tensión»[1] (Tournier 1997). Este sentimiento de nostalgia es muy perceptible en la obra, en la que Ossyane refleja los sentimientos del propio autor.

Además, esta nostalgia se combina más ampliamente con la de una edad de oro de la civilización árabe, tanto en al-Ándalus —el conjunto de tierras de la península ibérica y de la Septimania que estuvieron bajo dominio musulmán en la Edad Media (711-1492)— como en el Imperio otomano (1299-1922) —que llega a extenderse por tres continentes en su momento de mayor poder—. Estos imperios eran un ejemplo del multiculturalismo que Maalouf desea ansiosamente al soñar con «un Oriente Próximo en el que musulmanes, cristianos y judíos [...] intentar[an] la experiencia de la vida en común»[2] (Soued 2002).

Esta nostalgia, que mira hacia el pasado y hacia el futuro al mismo tiempo, se combina con lo que Pasolini (escritor y cineasta italiano, 1922-1975) llamaba «la escandalosa fuerza revolucionaria del pasado»[3] (comentario de Pasolini que cierra su documental *Las murallas de Sanaá*): nunca es retirada

---

1. Cita traducida por ResumenExpress.com
2. Cita traducida por ResumenExpress.com
3. Cita traducida por ResumenExpress.com

melancólica por un paraíso irremediablemente perdido, retirada que confinaría a una aceptación resignada del declive
de las civilizaciones o del endurecimiento de las identidades,
sino que más bien es una especie de nudo primordial donde
se condensa el ideal, por lo que es necesario resistir. Maalouf
lo resume así: «Después de todo, el porvenir está hecho de
nostalgias, ¿de qué, si no? Aquella época en la que hombres
de cualquier origen vivían los unos al lado de los otros en
las Escalas de Levante y entremezclaban sus lenguas ¿es una
reminiscencia de otros tiempos?; ¿es una prefiguración del
porvenir? ¿Son partidarios del pasado o visionarios, los que
siguen apegados a ese sueño?» (Maalouf 1996, 45).

La nostalgia de Maalouf también se centra en una época en
la que los árabes se sentían actores de su propia historia y
no impotentes: una época en la que la cultura y la identidad
árabes estaban en pie formando una fuerza política y cultural reconocida en el mundo entero.

LA LIBERTAD DE PENSAR Y LA TOLERANCIA

Desde su padre hasta Ossyane, Maalouf insiste en la educación libre de la que han disfrutado sus personajes a través
de multitud de preceptores salidos de diferentes minorías
(judía o armenia). Una educación fundada en la mezcla de
culturas y la apertura al mundo contemporáneo permite el
surgimiento de conciencias brillantes, de individuos capaces
de discernir y de juzgar de forma autónoma, más allá del
enrolamiento ideológico, político o religioso del que la ma-
yoría son víctima. Para Maalouf, «[l]os auténticos maestros
[...] son los que enseñan verdades diferentes» (Maalouf

1996, 58). Así, la minoría representa el poder de la alteridad, generadora al mismo tiempo de riquezas inmateriales, humanas y culturales.

Esta capacidad de abrirse al otro es la condición *sine qua non* de la tolerancia: combatir la ignorancia es trabajar en la utopía de la coexistencia de las diferencias. Para que el «nosotros» deje de ser el opuesto de «otros», la noción de pertenencia debe ampliarse: al superar esta estricta dimensión religiosa, étnica o geográfica, alcanzamos simplemente el principio de humanidad. Para Maalouf, «el hecho de pertenecer a una comunidad particular no resume la identidad de una persona»[4] (entrevista con Rima Jureidini). Aquí se dibuja una concepción radical del individuo, que no puede acceder a la plena consciencia de sí mismo si no se libera de los determinismos de la colectividad en la que ha nacido. La utopía de Maalouf es la de un individuo híbrido que, a través de la inteligencia, la cultura y el libre albedrío, borra las fronteras interculturales y deja lugar al intercambio interhumano.

LA RESISTENCIA

Esta noción presenta múltiples dimensiones en la obra:

- la resistencia que todo individuo necesita para encontrar su propio lugar en el mundo, encarnarse en un sujeto libre y autónomo, independientemente de las proyecciones y deseos parentales, familiares y sociales. Ossyane, esca-

---

4. Cita traducida por ResumenExpress.com

pando del camino trazado por su padre, se reafirma como individuo singular. Su decisión de llegar a ser médico y su marcha a Francia constituyen un auténtico nacimiento;

- la Resistencia estrictamente entendida en el marco histórico de la Segunda Guerra Mundial, de la que Maalouf nos ofrece una idea significativa. Esta Resistencia no está considerada como una simple defensa territorial: Ossyane no es francés, ni tampoco está amenazado por el nazismo directamente. Sin embargo, se trata de una cuestión de principios: «Detesté el nazismo no el día en que invadió Francia, sino el día en que invadió Alemania. Si hubiera eclosionado en Francia, en Rusia o en mi propio país, lo habría detestado exactamente igual» (Maalouf 1996, 73);
- este principio de resistencia consigue utilizarse a lo largo de toda la historia. En el contexto de la postguerra, adquiere una rabiosa actualidad de cara a la cuestión de un Estado judío. Resistir se convierte entonces en oponerse al ascenso del odio, buscar una conciliación, simple y llanamente no sucumbir a la locura asesina de los hombres;
- finalmente, la resistencia es, en el plano interior, el rechazo al adormecimiento, a la pasividad, a la indiferencia que simboliza el estado de alienación repentino en el que se hunde Ossyane tras la muerte de su padre. Ossyane, destrozado por la violencia de la historia, deberá encontrar en sí mismo la fuerza interior necesaria para (el deseo de) cambiar.

PISTAS PARA LA REFLEXIÓN

ALGUNAS PREGUNTAS PARA PROFUNDIZAR EN SU REFLEXIÓN...

- Comente esta cita del autor: «Extraigo de la historia el material necesario para construir las fantasías de reencuentro, de reconciliación»[5] (entrevista con Rima Jureidini).
- En esta novela, el individuo siempre es minoritario, aplastado o amenazado por la jauría, la tribu, la colectividad, la sociedad. ¿Por qué la masa siempre es vector de alienación?
- El rechazo a toda atadura (geográfica, cultural, lingüística y religiosa) es un factor fundamental para Maalouf y sus protagonistas, expatriados. ¿Cómo se articula esta visión del exilio como liberación al exilio como pérdida?
- Cuando la biografía nutre el proyecto artístico y novelesco: Maalouf es en sí mismo un símbolo del mestizaje que preconiza en sus novelas. Coméntelo.
- Maalouf, en un principio, era periodista. ¿De qué forma la realidad que él frecuenta nutre la ficción?
- *Las escalas de Levante* tiene una estructura más bien lineal, y la lengua de Maalouf es muy clásica. Según usted, ¿podemos combinar el deseo de revolución en el fondo con el conservadurismo en la forma?
- ¿Por qué razones la identidad puede llegar a ser mortal? Justifíquelo.

---

5. Cita traducida por ResumenExpress.com

- ¿En qué y por qué la obra otorga al amor (universal e individual) una dimensión revolucionaria?
- ¿Podemos considerar esta obra como una novela histórica?

PARA IR MÁS ALLÁ

EDICIÓN DE REFERENCIA

- Maalouf, Amin. 1996. *Las escalas de Levante*. Traducido por Federico Romero Portilla. Madrid: Alianza Editorial.

ESTUDIOS DE REFERENCIA

- Jureidini, Rima. "Entretien avec Amin Maalouf ". Consultado el 21 de agosto de 2011. http://moultaka. info/Auteurs/maalouf_Interview0_F.htm
- Soued, Albert. 2002. "L'islam a-t-il peur de son avenir?". Consultado el 6 de septiembre de 2011. http://www. harissa.com/D_forum/Autres/lislamatilpeur.htm
- Tournier, Maurice. 1997. "Identité et appartenances. Entretien". *Mots. Les Langages du politique*, p. 133, marzo.

EN RESUMENEXPRESS.COM

- Guía de lectura de *León el Africano* de Amin Maalouf.